그림 수안스님

혼자 앉아서 웃는 詩

시 장동범 | 그림 안기태

바람소리

혹은 詩

맑은소리 맑은나라

■ **자서**自序

가끔 말없이 서있는 노인을 보면
한 그루 나무로 보인다.
그 때 그 풍경은 나에게 詩다.

아침마다 산책길에서 건져 올린
씨알 잔 녀석들로 '낚詩' 와,
'바람소리' 를 합성해
'바람소리 혹은 낚詩' 라고 이름 짓고
여섯 번째 시집을 내보낸다.

안기태 화백의 촌철살인 삽화가
볼만 할 것이다.

환갑의 해 3월
삼랑진 수촌재에서

■ 자서自序

1부

·

2부

·

3부
·

4부
·

1부

자연

소나무 가지 스치는 바람에
솔방울 하나 툭-
떨어지자
놀란 까치 한 마리 후두둑-
난다

그 뿐,
당신의 뒤란은 다시 조용하다

2012년

아침이슬

초록 풀밭에
아침 햇살 비추자
숨어있던 보석들이
여기저기 반짝반짝

사는 동안

화사한 햇살,
빛나는 바다,
선들 부는 봄바람,
푸르게 물드는 건너 산,
급하지 않은 산책길,

사는 동안 가끔 누리는 홍복洪福

벚꽃 지고 초록 잎 나자
그 곁에 분홍색 겹 사쿠라 피고,
개나리 꽃 지자
이어 노란 유채꽃 피어난다

비우고 채우는
자연의 얼굴

잎들의 주검

죽음을 넘어
부활을 꿈꾸는
아름다운 주검

황금 들녘은 풍성하지만
농부들의 노고가 안쓰럽고,
추수 끝난 들녘은
딸자식 다 키워 출가 보낸
홀어머니처럼 쓸쓸하지만
편안하다

땅도 쉬어야 하리

진리
—

방금 솔방울 한 개가 툭 떨어졌다
이 순간도 어디선가 솔방울은 떨어질 것이다

세상에 변하지 않는 것은 없다

두두둥둥 누가 북을 거칠게 두드릴까?
번쩍번쩍 누가 조명을 어지럽게 켤까?
빠지직 누가 불꽃을 심하게 터뜨릴까?

어린애들 장난 아닌 하늘의 조화로
장대비 쏟아진 인간의 거리는
넙죽 엎드린 채
진흙탕 속에 초토화됐다

물
\

물

무(無) ~ ㄹ

모양 없이 흘러

산에서는 산을 비추고

저자에서는 사람을 비추며

바다에 이르러 하늘을 비춘다

언 땅에 쑤욱
쑥 올라오자
발바닥이 간지럽다

아름다운 통일

봄에는 꽃소식 올라가
백두까지 향기로 감싸니
유방백세流芳百世* 이루고,

가을에는 단풍 내려와
한라까지 온갖 색으로 치장하니
삼천리금수강산 이루듯

그렇게 아름다운 통일이 왔으면

*꽃다운 명예가 대대로 이어짐

2012

솔방울

솔방울 몇 개 주워
차 사발에 넣어두었더니
어디서 났냐며 다들 좋아한다
(어디서 났긴 근처 솔밭에서 주웠지)

솔방울은 매달려있을 때보다
툭 떨어져 뒹굴 때가 소담스럽다
그 만큼 생명에 다가온 씨이므로

자연은 가까이 있다

지상의 분노 너무 커
하늘 향해
그 날카로운 창 겨누는가!

아침 햇살 비추자
브라스 밴드 연주로
온 꽃밭이 들썩이네

밤풍경
2012

빗소리라
아니, 바람소리라
키 큰 빗자루 물구나무선
미루나무 잎새
밤새 바람 쓰는 소리

동물은 왜
잘난 수컷이 암컷에게
사랑을 구할까?

벚나무

우수 지난 벚나무 가로수들
여전히 검은 갑주에
부동의 자세로 도열해 있다

흙을 꽉 움켜쥐는 힘이라니
지상의 어느 장악력이 따를까
어둠 속을 뻗어가는 만큼
튼실한 줄기와 가지를 얻고
땅 속 모든 것들과 잘도 어울린다

2부

향을 남김없이 태우려면
재가 필요하다

향은 자신을 다 태우고서도
또 다른 향의 밑거름이 된다

태초에도
끝없이 밀려왔을
　　그리움

지금도
끝없이 밀려가네

얼굴

늘 보는 얼굴은 현재형,
30~40년 만에 보는 것은 미래형,
추억의 사진첩 얼굴은 과거형,

얼굴은 그리움의 메타포가 아니다

애틋한 그리움인가?
돌담 아래 숨죽여
피어난 꽃무리

선연한 핏빛
만연한 초록 속에
외려 외롭다

2012 A

허접한 꽃들이
한바탕 마음만 들뜨게 해놓고
그 뿐

어느 새색시 왈
"꽃들이 지랄이야"

향나무

너 안에
얼마나 큰 기운 있어
고흐의 사이프러스처럼
초록 불꽃
끊임없이 피어 올리느냐?

배롱나무

몸은 꼬부랑 노인,
잎은 기상 좋은 청년,
꽃은
온통 짙푸른 세상에
붉은 마음
오래 전하는 요염한 여인

2012 A

시래기 된장국+밥 두어 숟갈+잘게 썬 깍두기
김도숙 씨(56)의 '천원의 행복' 주 메뉴
행복한 아침의 성찬聖餐
밥, 온 우주의 조화
입에 들어가는 것은 모두 거룩하다

칡

기세가 독사처럼 날카로워
온 산을 덮고
사람의 길마저 기웃거리는데

배고팠던 시절
검은 입이 웃는다

온통 짙푸른 풀밭에서
부끄럼 없이
붉은 속치마들
발랑 뒤집고 있네!

色卽是空
空卽是色

호박꽃

풀 섶에서 부끄럽게 고개 내민
호박꽃
눈썹 그을리며 숙제하던
어릴 적 호롱불

귀뚤! 귀뚤!
귀가 뚫렸느냐고?

귀뚤! 귀뚤!
그래, 또렷이 듣고 있어
가을이 오는 소리

풀벌레 소리

오케스트라인가, 합창인가?
처서 지난 풀벌레 소리
청량한 내 마음

쏴아아아
대장간에서 칼 벼리는 소리
불꽃이 튄다

차르르르
얼음 알갱이 쏟아지는 소리
등골이 시리다

온몸으로 밀고 감이 저러하리
　단지 흐릴 뿐이라는데
어쩌자고 풀섶에서 나왔느냐
지나온 마른 길이 사막이다

2012A

뿌리부터 가지까지
온 몸으로 즈믄 해를 살아
몸 자체가 살아있는 경전이다

2012

동백꽃

엄동설한에 피어난
순이 언 볼 닮은 동백꽃
가지는 차고 딱딱한데
어디서 저런 힘 생겨났을까?

3부

노인

문지방 넘을 힘은 있지만
예쁜 여자를 보고도
어쩔 수 없는

2012 A

담쟁이

담쟁이가 살아가는 공간은
우리가 그토록 싫어하는
벽

심장

조용히 모이를 쪼던 비둘기 떼가
갑자기 푸드덕 날자
잠잠하던 내 심장이
두근두근 뛴다
아, 아직 살아있구나!

옛날에 "꼭 너 같은 딸 낳아 키워봐라!"

지금은 "----"

앞으로 "꼭 너 같은 딸 낳아 키워봐라!"

바 람 소 리

길 고양이

가출에 성공한
최초의 출가 동물

나이를 까먹다

하루, 이틀, 사흘, 나흘 … 한 달
두 달, 석 달, 넉 달, 다섯 달 … 1년
2년, 3년, 4년, 5년 … 10년
20년, 30년, 40년, 50년, 60년

해를 거듭할수록
세월은 흐르고
나이는 먹는 것이 아니라
시간을 까먹는 것
혹은 잊는 것

나는 목동들이 떠나면 외양간으로 가서

어린 젖먹이 송아지 배설물을 먹었다.

내 똥 가운데 소화되지 않은 것이 있으면

그것도 먹었다. (…) 지나가던 목동들이 침을 뱉고, 오줌을

누고, 오물을 던지고, 풀줄기로 귀를 찌르기도 했다.

-폴커 초츠, 『붓다』중에서-

아, 나는 환갑이 다 되도록
세끼 밥을 여전히 챙겨먹고 있다!

바람소리
2012

아버지

방 안에서 담배를 피우시던
아버지는 외롭지 않다
라고 생각했다

창가에서 담배를 피우면서
아버지는 외롭다
라고 생각했다

2012 서

별(辰)을 노래(曲)하는

農夫 〉시인

성못길

참하다
저 길고 오랜 차량 행렬!

잡목에 산소 가는 길 잃고
봉분 허물어질 때까지

생떼 같은 자식들 가슴에 묻고
억장이 무너져 허방만 짚는
세상의 어머니들,
참척惨慽의 아픔을 긍휼히 여기소서!

詩
2012 A
바람소리

신문에 실리는 시를 볼 때마다
시인의 나이를 헤아리는 습성이 생겼다
나는 이 나이 되도록 무엇을 썼단 말인가?
입 비린내 나는 시를 쓰고도
시인임을 자처하다니, 자책하다가도
고개 돌려 피어나는 꽃들을 보며
또 시를 생각한다
그래, 유치하면 유치할수록
유치한 시인이 되리라

바람소리

밤하늘의 별을 보거나
바닷가의 모래밭을 걸으며
삶의 하찮음이나
존재의 한없이 작음을 느낀다면
진실로 느낀다면
그대의 삶과 존재는
참으로 겸손해지며
또한 위대하다

여자의 마음

아침 산책길
풀밭에서 네잎 클로버 찾는
한 여인,
또는 한 소녀

창밖 붉은 해 보고 일어나
동네 목욕탕서 목욕하고
차 우려 마시면서
라디오 고전음악 듣다가
점심 차려 먹고
난에 물주고
시 몇 편 뒤적뒤적 읽으니
해가 벌써 뉘엿뉘엿 하네

세상에서 가장 편안한 하루

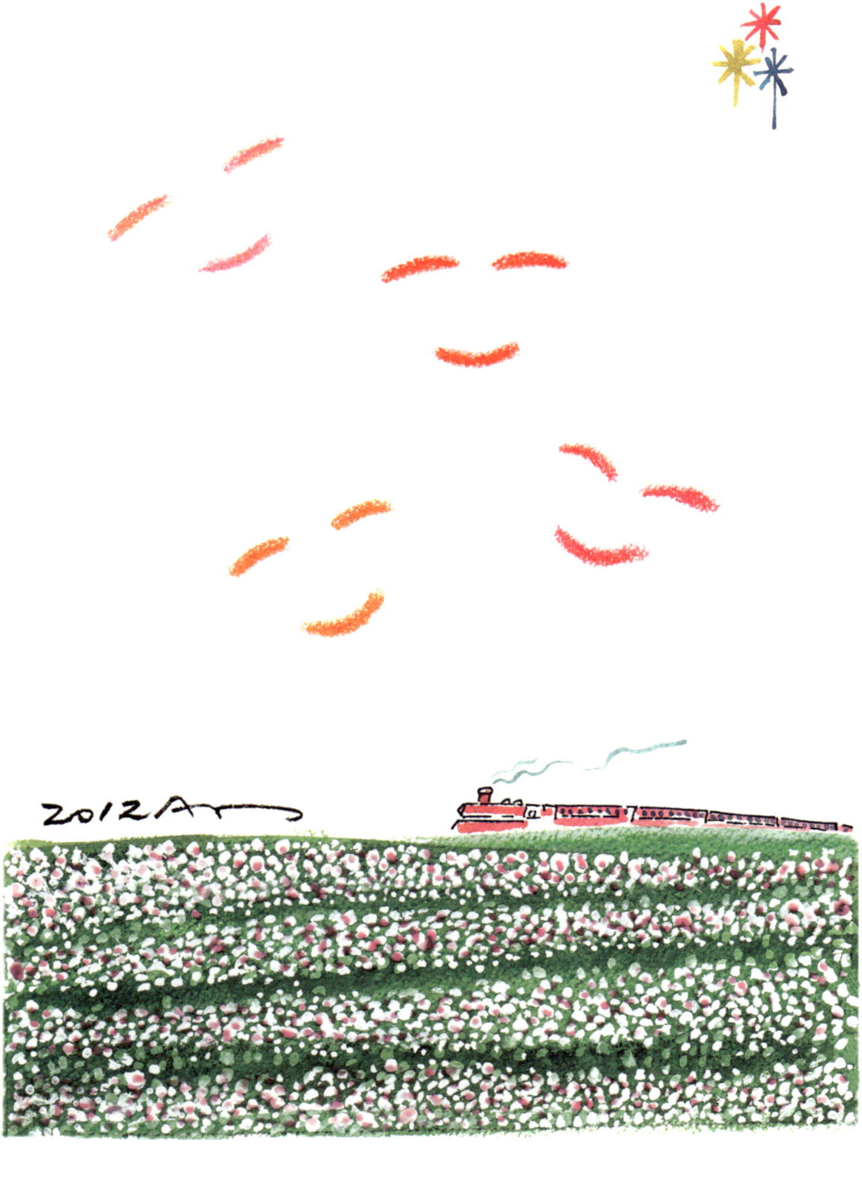

2012 AT

순이, 숙이, 자야 ...
그리고 철수와 영희

얼마나 그리운,
흘러간 이름들인가?

바｜람｜소｜리

▲ 맥박 : 벌새 〉쥐 〉인간 〉고래 〉거북이
▲ 수명 : 거북이 〉고래 〉인간 〉쥐 〉벌새

아킬레스여! 오래 살려거든
제논 말*처럼 거북이 꽁무니만 쫓아라!

*발 빠른 아킬레스가 거북이를 못 이긴다는 제논의 역설

수술 후유증

내 몸에 칼 들어와
암을 쫓자
시詩도 달아나버렸네

눈썹도

내려놓고

올라야 하리

술꾼

술을 마시면 도도해져
세상살이 우습고
취해서 돌아오는 길
꿈속처럼 아득한데
깨어나면 허전해
또다시 술 생각 간절하다

4부

인간이 선택할 수 있는 것은
땅 위의 일이다

103동 401호!

102동 201호!

(흙과 가까이 살라!)

103동 2101호!
짝, 짝, 짝, 짝
(회개하라! 천국이 가까웠느니라)

2012

외로운 사람들

바닷가에
외롭게 떠다니는
빨간 슬리퍼 한 짝

거리에
신발 한 짝처럼 떠다니는
무수한 사람들

2012 A

달동네 어느 집 유리창에
잠깐 황금빛 찬란하다

춥고 가난한 하루의 하이라이트!

이상향

이상향理想鄕을 뜻하는 유토피아는
영어로 nowhere란다
어디에도 없다?

그렇다면 now+here는?
우리가 그리는 이상향은
지금! 여기!

목련꽃 환한
봄날 저녁
떨어지는 흰 꽃잎에
그리운 얼굴들 새겼다가
아차, 목련꽃 다 지겠다

2012Ahn

눈처럼 떨어지는 꽃잎들,
오래 된 아파트 뒤뜰,
녹슨 덤프 트럭 적재함,
속절없이 쌓였다가 흩어진다
무표정하게 걸어가는 중년 여인,

무섭다

사냥본능

활어 센터에 퍼덕이는 횟감들
모처럼 남자들 눈에 생기 돈다

아, 원시 수렵시대
수컷들의 눈빛도
아마 저렇게 빛났을 게다

트라우마

눈을 뜨면 크고 순한 검은 눈동자가,
눈을 감으면 그 눈동자들이 보았을
어두운 환상과
발굽 달린 짐승들의 비명이
환청으로 들려

인간들의 탐욕스런 사육이 부른
21세기 홀로코스트!

사나운 짐승

새벽 산책길
덤불 속 새들의 지저귐 요란하다
일순 정적

사나운 짐승 지났나 보다

공친 날

아직 아무도 안 지났구나
거미줄 걸리는 게

까치

길조吉鳥일까, 해조害鳥일까?
아니, 다만 텃새일 뿐
인간의 식識에 따라
너희 개체는 늘었다, 줄었다

비둘기와 갈매기

비둘기는 무리 지어
백사장에서 아침을 맞고,
갈매기는 무리 지어
물 위에서 아침을 맞고

딴 생각

어머니를 아득히 먼 땅집에 모시면서도
가까이 흐드러지게 핀 개망초 꽃에
눈이 자주 갔다

무제

밥 옹골차게 자시는 노인 보고
"헌 섬이 곡식 많이 먹는다"

맛있는 것 찾는 것도 한 때,
이리저리 쏘다니는 것도 한 때,
그 것 밝히는 것도 한 때,

하지만 가는 길은 다 같다

가을 밤 바다에
헛 낚싯대 드리워
달빛 고기 낚다

야도 부산

인생에서 가장 기쁠 때는?
"롯데가 이겼을 때"
가장 슬플 때는?
"롯데가 졌을 때"

야한 도시도, 야당도시도 아닌
야구도시 부산!

일상

물, 흙, 공기...
가장 흔한 것이 가장 귀하듯
말없이 밥을 먹어도
서로 마음이 편한,
티격태격하며 밥을 먹어도
뒤가 조용한
식구들과의 식사
그런 흔한 시간들이 쌓여
일상이 된다

시평

단형 서정시가 발산하는 생명력

남송우 | 평론가 · 부산문화재단 대표

장동범 시인과의 인연은 대학 학부 시절로 거슬러 올라간다. 그는 대학의 선배로서 대학신문에 날카롭고 문제 제기적인 단평을 많이 선보였다. 70년대 초 당시 국문학도들에게 많이 읽히던 송욱의 『시학평전』이 던졌던 문제 제기에 공감하면서, 발랄한 젊음의 패기를 일종의 비평적 산문을 통해 보여주었던 기억이 새삼스럽다. 나는 그가 대학신문에 발표하는 산문들을 읽으면서, 그가 공부를 계속하면 좋은 학자로 성장할 수 있겠다는 생각을 했다. 그가 대학 신문에 발표하는 비평적 산문에서 느끼는 그의 문제 제기 방식과 문제를 풀어나가는 글쓰기 방식은 남다르게 돋보였기 때문이다.

그런데 그는 학부 졸업과 동시에 나의 기대를 저버리고 언론이란 현실로 직장을 찾아 학교를 떠났다. 중앙일보 기자를 거쳐 KBS로 직장을 옮기면서, 그의 활동상과 근황은 TV 뉴스 시간에 뉴스를 전달하는 장면을 통해 확인하는 선에서 그쳤다. 그런데 그는 언론 생활 10년이 지난 어느 날 『野人記』(영신출판사. 1986)란 시집을 연구실로 부쳐왔다. 이후 그와의 인연은 그는 시인으로서, 나는 비평가로서의 관계로 바뀌게 되었다. 첫 시집 속에는 세상을 향해 하고 싶은 말들, 자신의 마음에서 분출하는 생각의 샘물들을 거침없이 쏟아놓고 있었다. 첫 시집에 실린 시에서 많은 의문사를 만나고, 감탄에 가까운 많은 서술 종지어를 만나는 것은 그만큼 자신의 감정을 서슴없이 그대로 드러내고 있음을 보여주는 장면이다. 말 그대로 야인의 기질이 잘 드러나고 있다. 이러한 그의 글쓰기는 3년 뒤에 나온 두 번째 시집인 『臥禪記』에서도 어느 정도 이어져 내리고 있다. 세상을 향해 하고 싶은 이야기가 그만큼 많았던 것이다.

그러나 2002년에 나온 세 번째 시집인 『수촌의 산』에 오면, 그의 시편들은 새로운 모습을 보인다. 직설적인 감정의 분출은 사라지고 내면의 감정을 이미지화하는 시편들로 질적인 변화를 보인다. 이는 1999년 시문학을 통해 등단한 이후, 그가 시쓰기 방식을 근본적으로 다시 한번 고쳐 세운 결과로 보인다. 이는 그의 시세계의 흐름으로 보아서는 상당한 변화로 보인다. 특히 이번 시집에 실린 시편들은 이러한 그의 단형 서정시 중심의 시적 변화를 확실하게 내보이고 있기 때문이다.

시란 원래 산문에 비해 짧은 호흡을 특징으로 하고 있지만, 무조건 길이만 짧아진다고 시가 되는 것은 아니다. 짧음 속에 내장된 시적 응축미가 살아있어야 한다. 짧은 산문과 짧은 시의 차이가 여기에 있다. 장동범 시인이 펼쳐내는 짧은 단형 서정시 속의 응축미는 어디로부터 오는 것인가? 그리고 그 세계가 지향하는 바는 무엇인가? 그 응축미가 어떻게 형성되고 있는 것인가? 이러한 질문에 해답을 찾아가는 것이 그의 시편을 읽어가는 하나의 방법이 될 수 있을 것이다.

소멸을 통한 생명력 / 대립을 통한 긴장

장동범 시인의 우선 관심은 소멸되고, 사라지고, 떨어져 내리는 것에 가 있다. 그런데 그 생명체가 소멸로 끝나는 것이 아니라, 소멸 이후에 다시 생성을 예감함으로써, 소멸과 생성의 대립 구조를 만들고 있다. 이 대립구조가 시적 긴장을 형성하고 있다.

- 「낙엽」 전문

잎으로 피어나 활발한 생명력을 가졌던 잎이 이제 낙엽으로 떨어져 내림으로써 잎으로의 생명을 마감하는 순간이다. 그러나 잎의 주검을 슬픈 주검이거나 생명의 끝장을 고지하는 지표로만 인식하지 않는다. 낙엽을 통해 새로운 생명의 부활을 꿈꾸는 생명의 또다른 세계를 본다. 죽음이 죽음으로 끝나는 것이 아니라, 생명의 부활로 이어져 간다는 인식은 낙엽을 아름다운 주검으로 노래하게 한다. 죽음과 생명, 이 대립된 두 극단의 세계를 연속선상에 놓음으로써 시적 긴장을 만들어 내고 있으며, 그 긴장은 응축미를 느끼게 하는 토대가 된다. 생명의 소멸을 통해 생명의 새로운 생성을 노래함으로써 긴장을 만들어 내는 방법은 두 대립된 세계를 구조적으로 등장시킴으로써 가능하기도 하지만, 생명의 소멸에 대한 반응을 통해서도 가능함을 보여준다.

- 「스케치」 전문

생명을 가진 꽃잎들이 떨어져 내린다. 아파트 뒤뜰, 덤프 트럭 적재함 등에 쌓였다가 흩어지는 꽃잎들의 모습을 사람들이 바라보면, 생명의 소멸에 대한 마땅한 반응을 할 것이라 기대했지만, 거기에 대해서는 무표정임을 확인하고, 이러한 반응에 대해 시적 화자는 무섭다고 대응한다. 생명에 대해 무관심해져버린 현대인의 삶의 방식에 대해 무섭다라고 반응함으로써, 시 전체에 어느 정도의 긴장을 형성하고 있다. 단지 이 시가 〈무표정하게 걸어가는 중년여인〉으로 끝내었다면, 단순한 스케치밖에는 될 수 없었을 것이다. 그런데 무섭다라는 시적 화자의 반응을 개재시킴으로써 시적 긴장이 생성되고 있다. 이렇게 시적 긴장을 체험할 수 있는 상황을 제시함으로써 독자는 자연스럽게 긴장을 체험할 수 있게 된다. 이렇게 시적 상황을 마련함으로써 빚어지는 시적 긴장은 다음 시에서도 어느 정도 같은 선상에서 마련되고 있다.

소나무 가지 스치는 바람에/솔방울 하나 툭 -/떨어지자/놀란 까치 한 마리 후두둑/난다//그 뿐,/당신의/뒤란은 다시 조용하다

- 「자연」 전문

위 시는 바람에 떨어지는 솔방울 소리에 놀라 후두둑 나는

까치 소리를 자연 현상 그대로 형상화하고, 그 이후의 고요한 정적인 순간을 포착해 내고 있다. 솔방울이 떨어지면서 나는 소리와 대비되는 고요한 정적의 시간을 배치시켜, 동과 정의 두 대립된 세계를 함께 보여줌으로써 긴장의 상황을 연출하고 있다. 즉 정과 동의 시적 상황의 설정은 시적 긴장을 느끼게 하는 토대가 되고 있다. 이러한 대립된 이미지를 드러내는 방식은 매미소리의 형상을 통해서도 나타난다.

쏴아아아/대장간에서 칼 벼리는 소리/불꽃이 튄다//차르르르/얼음 알갱이 쏟아지는 소리/등골이 시리다

-「매미·2」 전문

쏴아아아 소리를 내는 매미와 차르르르 소리를 내는 매미 소리를 칼 벼리는 소리와 얼음 알갱이 쏟아지는 소리로 대비하고 있다. 그리고 그 청각을 불꽃이 튀는 시각과 등골이 시린 촉각으로 전환함으로써 두 대립된 이미지를 만들어내고 있다. 이렇게 대립된 이미지를 통해 긴장의 상황을 조성하고 있다는 점이 장동범 시인이 추구하고 있는 단형 서정시의 특장이다. 그러면 장 시인은 이런 단형 서정시를 통해 어떤 세계를 보여주고 있는가?

자연을 통한 우주 순환의 진리와 생명 의식

시인이 시적 대상을 통해 무엇을 노래하느냐 하는 것은 시인의 세계인식과도 맞물려 있다. 세상을 어떻게 바라보고 있느냐 하는 점이다. 장동범 시인은 그가 노래하는 시적 대상이 대부분이 자연이다. 그 자연을 대상으로 인식한 세계의 진실을 포착하는데 관심이 가 있다. 그 세계 인식의 한 모습을「진리」를 통해 내보인다.

-「진리」전문

세상의 모든 것은 변한다는 사실을 시인은 하나의 진리로 표명하고 있다. 그런데 그 변하는 것을 내세우기 위해 등장시킨 대상이 떨어지는 솔방울이란 점에서 소멸의 이미지가 더욱 부각되고 있다. 즉 세상에 존재하는 모든 생명체는 언젠가는 소멸되어 가는 것이라는 점을 하나의 진리로 인식하고 있음이다. 소멸한다는 것은 생명을 가진 모든 것들의 생명이 일차적으로 다한다는 것을 의미한다. 이런 소멸하는 것들에 대한 관심은 바로 생명에 대한 관심이기도하다. 생명은 생성과

소멸을 계속해나가는 유기체로서 생태학적 순환을 계속하고
있기 때문이다. 그의 많은 시편들이 이러한 생명력을 노래하
고 있는 이유도 여기에 있다.

- 「뿌리」 전문

　　뿌리는 나무가 지닌 생명력의 상징이다. 지상의 어느 장
악력도 감당할 수 없는 흙을 움켜지는 힘이 나무의 줄기와 가
지가 뻗어나가는 근원적인 힘임을 노래하고 있다. 그리고 이
뿌리의 생명력은 땅 속의 모든 생명과도 잘 어울림으로써, 더
불어 함께 공생하는 생태학적 사유를 내비치고 있다. 뿌리가
지니는 원형적 생명성을 압축적으로 잘 형상화하고 있다. 이
러한 생명의식을 드러내는 노래는 생명들의 생장을 감각화하
는 부분에서 확실한 이미지로 형상화되고 있다.

- 「경칩 근처」 전문

겨울 언 땅을 비집고 얼굴 내미는 쑥의 모습을 감각화하고 있다. 이는 생명의 실체를 가장 확실하게 감각할 수 있는 장면으로 여겨진다. 한 장면을 짧은 단형 서정시를 통해 감각화함으로써 응축된 시적 이미지를 잘 보여준다. 뿐만 아니라 생동하는 생명력을 자연스럽게 감각할 수 있게 만든다. 그 감각의 방법은 시각적 이미지로만 끝나지 않고, 촉각을 활용하는 선으로 나아간다. 생명체가 언 땅을 뚫고 쑤욱 올라오는 대상만을 단순히 바라보게 함이 아니라, 시적 화자가 그 생명력을 감각하게 만들고 있다. 즉 시적 화자의 발바닥으로 그 생명력을 감각하는 방식을 사용하고 있다. 언 땅을 쑤욱 오르는 시각적 대상을 시각으로만 감각하는 것이 아니라, 발바닥을 통해 감촉하는 것을 보여줌으로써 더욱 생명의 생동함을 다각적으로 지각하게 만들고 있다. 즉 시적 화자가 생명을 다각적으로 감각하는 모습을 보임으로써 언 땅을 뚫고 솟아오르는 생명체의 생명력을 더욱 실감할 수 있게 만든다. 이러한 생명력에 대한 감각은 꽃에 대한 정서적 반응에서 더욱 그 강도를 높여가고 있다.

허접한 꽃들이/한바탕 마음 들뜨게 해놓고/그 뿐//

어느 새색시 왈/ "꽃들이 지랄이야"

- 「꽃들이 지랄이야」 전문

꽃은 생명이 열매로 나아가는 과정에서 필수적으로 드러
나는 과정이다. 그래서 아무리 허접한 꽃이라도 꽃은 생명의
피어남을 의미한다. 꽃은 또 하나의 상징성을 가진다. 그것이
아름다움이다. 그래서 꽃의 아름다움은 생명의 또 다른 이름
이기도 하다. 그래서 꽃의 아름다움은 모든 사람의 마음을 흔
들어 놓는다. 아무리 허접한 꽃들이라도 사람의 마음을 흔들
어 놓기는 마찬가지다. 이는 생명과 아름다움이 꽃 속에 내재
해 있기 때문이다. 이것이 꽃의 생명력이 지니는 힘이다. 꽃들
이 지니는 이런 생명력은 "꽃들이 지랄이야"란 표현 속에 강
하게 함축되어 있다. 생명은 넘쳐나는 기운으로 나타난다. 그
넘쳐나는 꽃의 생명력이 "꽃들이 지랄이야"란 내뱉음 속에
있다. 생명은 어떤 틀이나 형식 속에 갇히지 않는다. 꽃과는
달리, 난이 내보이는 생명력은 좀 다른 시각에서 형용되고 있
다. 즉 생명의 또 다른 양상을 확인할 수 있게 한다.

지상의 분노가 너무 커/하늘 향해/그 날카로운 창 겨누는가!
-「용설란」 전문

용설난이 하늘 향해 뻗어난 형상을 창을 겨누는 모습으로
인식하고 있다. 그것도 단순히 하늘을 향하고 있는 것이 아니
라, 날카로운 창을 겨누는 모습으로 형상화하고 있다. 이는 용

설란이 내보이는 생명력이 그만큼 날카로움을 말하는 것이고, 저항성을 지니고 있음을 의미한다. 그런데 그 이유가 지상의 분노가 너무 커서 하늘을 향해 날카로운 창을 겨누고 있다는 것이다. 여기에서 우리는 생명력은 아름답고 순한 모습으로 내비치기도 하지만, 분노로 인해 날카로운 창의 모습으로 얼굴을 바꾸기도 함을 확인할 수 있다. 그런데 역시 생명은 정적인 상태에서 동적인 상태로 전환하는 힘의 원천이 됨을 또 다른 꽃인 나팔꽃을 통해 보여준다.

아침 햇살 비추자/브라스 밴드 연주로/
온 꽃밭이 들썩이네

- 「나팔꽃」 전문

아침 햇살을 만나는 나팔꽃의 상태를 잘 포착하고 있는 한 장면이다. 조용하던 나팔꽃밭이 아침 햇살이 비추이면서, 브라스 밴드 연주장으로 변하고 있는 순간을 재미나게 묘사하고 있다. 나팔꽃의 형상을 브라스 밴드로, 그리고 그 연주로 온 꽃밭이 들썩인다는 상상력의 발휘는 정적인 상태에 놓여 있는 나팔꽃밭의 정경을 동적인 상태로 전환시키는 근원적 힘이 된다. 이러한 상태로의 전환이 가능한 것이 결국은 나팔꽃에 생명을 부여하고 있는 아침햇살이란 점에 주목할 필요가 있다. 햇살 자체가 생명을 있게 하는 근원적 존재이기 때문이다.

　겨울을 넘어서면서도 꽃을 피우고 있는 동백의 생명력을 압축적으로 표현하고 있다. 그 생명력은 차고 딱딱한 것을 넘어서는 근원적인 힘을 간직하고 있다. 엄동설한을 견뎌낼 수 있는 근원적 힘은 생명력이란 것이다. 〈어디서 저런 힘이 생겨났을까?〉라고 자문하고 있는 이유는 생명이란 본질 자체가 한 마디로 규명될 수 있는 성질의 것이 아니기에 나름대로 생명에 대한 본질 추구를 질문형식으로 담아내고 있는 것이다.

　벽은 모든 생명체의 진로를 방해하는 상징물이다. 생명의 생성과 성장을 근원적으로 막아서는 대상이다. 그런데 그러한 벽에 붙어 벽을 넘어서는 생명력을 내보이는 담쟁이의 생리를 통해 생명의 본질과 특성을 알아챌 수 있다.

- 「향나무」 전문

초록 불꽃을 끊임없이 피어올릴 수 있는 힘을 큰 기운으로 표명하고 있다. 이는 바로 향나무가 지닌 생명력을 말하며, 그 생명력은 다하지 않은 힘을 지닌 향나무의 생명력에서 비롯되고 있는 것이다. 여기서는 생명의 이미지가 초록 불꽃으로 변하고 있음을 볼 수 있다. 주로 꽃을 대상으로 자연 속에서 확인되는 생명 의식을 드러내보였는데, 그것이 향나무로 바뀌고 있다. 그러나 지금까지 생명의 노래를 부르는 대상들은 전부 자연물이었다는 점에서 공통점이 있다. 즉 자연을 시적 대상으로 삼으면서, 그 대상들이 지닌 특장들을 순간적으로 포착함으로써 단형 서정시의 형식적 틀을 갖추어 가고 있다고 볼 수 있다. 그런데 자연을 통해 길어 올리고 있는 생명력의 포착은 시적인 한 장면에 대한 순간적인 이미지화에로 초점이 맞추어지고 있음을 볼 수 있다.

달동네 어느 집 유리창/잠깐 황금빛 찬란하다//

춥고 가난한/하루의 하이라이트

-「석양」 전문

　　달동네 어느 집의 유리창에 비친 석양의 순간을 한 점 그림처럼 이미지화하고 있다. 그런데 이 그림이 내보이는 이미지는 석양의 순간을 포착하고 있다는 점에서 단형 서정시의 형식적 틀을 함께 논의할 필요가 있다. 장동범 시인의 단형서정시의 틀의 특징은 시의 전반부에서는 시적 상황이나 배경을 제시하고, 그 다음에 시인이 제시하고 싶은 시적 주제를 내보이고 있다는 점이다. 이 시에서도 석양의 순간을 단순히 시적 배경으로 제시하는 데 그치고 있는 것이 아니라, 이후에 제시된 〈춥고 가난한/하루의 하이라이트〉에 초점이 가 있다는 점이다. 석양은 황금빛으로 찬란하지만, 그것은 잠깐이고, 춥고 가난한 하루의 하이라이트로 인식되고 있다는 것이다. 이러한 시적 구조는 같은 햇살을 다루고 있는 다음 시에서도 동일한 형태를 유지하고 있다.

초록 풀밭에/아침 햇살 비추자/숨어있던 보석들이/
여기저기 반짝반짝

-「아침이슬」 전문

초록 풀밭에 햇살이 비춰면서 아침이슬이 보석처럼 빛나고 있는 장면을 포착한 시이다. 전반부에서는 초록 풀밭을 비추는 햇살이고, 후반부는 그 햇살을 받아 반짝반짝 빛나는 보석같은 아침 이슬을 드러내고 있다. 그러므로 이 시의 초점은 아침 햇살이 아니라, 그 햇살을 받아 빛나는 아침이슬이다. 단형 시이지만 시의 후반부에다 시적 주제를 배치시킴으로써 시의 응축미를 심화시켜나가고 있는 시 구성 방법을 사용하고 있다. 이러한 시적 구성 방법은 하나의 주제를 향해 모든 시적 수사를 다 동원하는 경우도 있다. 다음 시는 그러한 경우에 해당된다.

뿌리부터 가지까지/온 몸으로 즈믄 해를 살아/
몸 자체가 살아있는 경전이다

- 「고목」 전문

고목을 노래하면서, 그 고목의 몸 자체가 살아있는 경전임을 인식하고 있다. 고목이 단순한 고목이 아니라, 그 고목 자체가 살아있는 경전이라는 사실을 밝히기 위해 〈뿌리부터 가지까지/온 몸으로 즈믄 해를 살아〉왔다는 점을 전제하고 있다. 〈몸 자체가 살아있는 경전〉을 위해 앞부분은 이를 위한 수사로 사용되고 있다. 고목이 즈믄 해를 살아왔기에 살아있는 경전이 될 수 있다는 것이다. 이렇게 장동범 시인은 짧은 단형 서정시의 구성을 통해 시에서 가장 중요한 응축미를 구축하고 있다. 그런데 더욱 중요한 것은 그 응축미 속에는 생명의 노래로 채워져 있다는 점이다. 즈믄 해를 살았다는 고목은 그 자체가 경전이면서, 끈질긴 생명력을 보여주고 있기 때문이다.

지금까지 몇 가지 단계로 나누어 장동범 시인의 단형 서정시를 살펴본 바와 같이 그의 단형서정시는 상당한 역동성을 가진다. 장동범 시인의 단형 서정시가 역동성을 가지는 이유는 첫째는 두 대립된 세계의 이미지를 등장시켜 시적 긴장을 창출하고 있기 때문이며, 둘째는 자연 속에서 포착하는 생명의 문제를 응축미 속에 순간적 이미지로 형상화 하는 단형 서정시의 구성방식을 사용하고 있기 때문이다. 이러한 단형서정시는 속도의 삶에 지쳐있는 현대인들에게 시의 효용성이 발휘될 수 있으리라고 본다. 시가 점점 우리의 일상에서 더욱 멀어져 가고 있는 현실 속에서, 장동범 시인의 촌철살인 같은 단형 서정시가 독자들의 가슴을 열고 마음에 스며드는 계기가 되길 기대해본다.

바람소리 혹은 낚詩

인쇄 | 2012년 3월
발행 | 2012년 3월

시　　　　장동범
그림　　　안기태
펴낸이　　김윤희
펴낸곳　　도서출판 맑은소리 맑은나라
출판등록　2000년 7월 10일 제 02-01295호
주소　　　부산광역시 중구 동광동3가 45-1번지 동광빌딩 201호
전화　　　051) 255-0263
팩스　　　051) 255-0953
전자우편　uneesee@paran.com
값　　　　10,000원